I0546636

ÉPITRE

D'UN PROVINCIAL

A SON AMI.

PAR LE C. D***, D'AVIGNON.

Quanto artibus ..... honestis
Nullus in urbe locus, nulla emolumenta laborum.
...... proponimus ire.

JUVENAL Sat. 3.

QUEL est l'aveuglement où ton esprit se livre ?
Tu quittes ces vallons, ces verdoyans côteaux,
Que Vaucluse embellit de l'azur de ses eaux ;
Et dans le fol espoir qui te trouble et t'enivre,
De ces champs fortunés méconnaissant le prix,
Tu viens, dis-tu, chercher le bonheur à Paris.
Le bonheur à Paris ! quelle étrange sottise !
Eh ! vas-donc au Mogol chercher la liberté,
La science à Madrid, à Rome l'équité.
Je l'avouerai, pourtant, cette erreur est permise,
Pour un provincial qui ne le connait pas,
Présenté sous des traits séduisans, pleins d'appas,

Paris , dans le lointain , est la terre promise.
Oui , mais combien de juifs de l'Egypte attirés ,
Goutèrent-ils ces fruits si long-temps désirés ?
Le ciel t'a-t-il remis la verge de Moïse ?
Viens , c'est ici , surtout , qu'il faudra l'éprouver ;
Si , par tes seuls talents , tu prétends t'élever ,
Viens , du cœur de rocher d'un Ministre tenace ,
Faire jaillir les eaux qui doivent t'abreuver.
Crois que pour obtenir la plus légère grace ,
Il faut que , t'arrachant aux douceurs du sommeil ,
Tu coures bien long-temps avant que le soleil ,
De ses rayons courbés réfléchis dans l'espace ,
De cette zone aride éclaire la surface ;
Où tu verras bientôt , fuyant dans le lointain ,
La fortune et la gloire échapper à ta main ,
Et des restes fangeux de la manne fondue ,
S'élever sous tes yeux le spectre de la faim ,
De la faim , qui , livide , égarée , éperdue ,
Dans ton cœur desséché , distillant son venin ,
Sans sortir du désert , finira ton destin.

Vas , laisse vivre ici celui qui sait y vivre ,
Celui qu'un cœur d'airain de tout remords délivre ,
Et qui dans un tripot , escroc intelligent ,
Sait métamorphoser ses mandats en argent ;
Ce banquier nouveau né qui le jour d'un pillage ,
Conservant son sangfroid au milieu du carnage ,
Du côté des brigands s'est prudemment rangé ,
Pour sauver tous les biens de son maître égorgé ;
Celui qui du commerce a fait un brigandage ,
Et qui , dans les accès de son avide rage ,
Viola la fortune , et ne s'amendant point
Du suc des malheureux forma son embonpoint ;

Ou cet enfant gâté d'une fortune illustre ,
Beaugard , qui de lui seul retire tout son lustre ,
Et sur un phaéton , dans les airs élancé ,
Porte à la belle LANGE un hommage empressé ;
Au fracas menaçant de l'éclatante roue ,
Les passans avertis courent épouvantés ,
Se serrer contre un mur sur deux rangs arrêtés :
Cependant des monceaux d'une noirâtre boue ,
Volent , en jaillissant , salir plus d'une joue
Que lui-même , autrefois , beaucoup plus poliment ,
La barbouillaut d'une eau blanchissante , écumeuse ,
Décrassait avec soin , et dont sa main moëlleuse
Faisait tomber le poil sous l'acier bruissant.

Ce journaliste adroit dont la plume venale ,
Inonde tout Paris et de fiel et d'aigreur ,
Et qui censurant tout hors sa noire fureur ,
Veut se faire rosser pour enrichir DÉBALE :
Cet avide traitant qu'embarrasse son or ;
D'une civique ardeur sa belle ame enflammée ,
Se chargeant de fournir aux besoins d'une armée ,
Du pain qu'il lui ravit , veut s'enrichir encor ;
Il achete à tout prix , il revend , agiote ;
Charmé de faire vivre artisans et fermiers ,
Il achete dix francs des rebuts de souliers ,
Et le foin de regain vingt décimes la botte.
Cependant , à l'entendre , il est bientôt à bout ,
Sa fortune s'épuise , et l'état lui doit tout ;
Mais le plus beau château , la ferme la plus riche ,
Les champs couverts d'épis et les terres en friche ,
Ajoutent chaque jour à ses propriétés ,
En attendant qu'enfin on solde les traités.

Cet avocat enfin qu'un mérite authentique
Eleva tout-à-coup aux plus nobles emplois ,
Qui poussé par l'amour pour la chose publique ,
Va presque tous les jours en défendre les droits ;
Sur un long siège vert son trépied politique ,
Laisse , plein de respect , passer toutes les lois ,
Où daigne , en soupirant , se dresser quelquefois ,
Et par ce grand effort , sauvant la république ,
De tous ses longs travaux et ses soins fatiguans ,
Recevant par quartier le salaire modique ,
Gémit d'être réduit à douze mille francs.

    Mais , toi qui ne saurois , à toi-même contraire,
Dans l'espoir d'un dîner , pliant ton caractère ,
Des fourbes d'un Crésus colorer la noirceur ;
D'un banquier orgueilleux surveiller les maîtresses ,
Et leur porter le soir ses secrètes largesses ,
Ou toi-même déjà lui promettant ta sœur ,
Effacer de ta main cette aimable rougeur ,
Ce fard de la beauté le plus riche appanage ,
Dont la pudeur naïve avait peint son visage ;
Toi, qui de nos cantons professant les vertus ,
N'irais point embrasser des fripons bien vêtus ,
Pour telle heure , tel jour , leur promettre gogaille
Et laisser tes amis expirer sur la paille ;
Toi, qui ne voudrait point , subtil Caméléon ,
Changer à chaque instant de couleur et de ton ,
Du premier discoureur adopter les maximes ,
Royaliste la nuit , le jour républicain ,
Ici des mitraillés déplorer le destin ,
Là se plaindre qu'on ait épargné des victimes ,
Et tirer tour-à-tour de tes yeux attendris ,
Des pleurs pour Robespierre ou des pleurs pour Louis ;
Toi

Toi , dis-je , enfin , de qui la probité gothique ,
N'oserait pas voler même la république ;
Fuis ces bords corrompus , ennemis du bonheur ,
Où bien loin de trouver la fortune et l'honneur ,
Tu périrais pour prix de ta conduite folle ,
Sans avoir seulement embrassé ton idole.

Mais raisonnons un peu ; de ton projet épris ,
Dis-moi , que pretends-tu venir faire à Paris ?
Fier de quelques talens que la province admire ,
Voudrais-tu te ranger parmi les beaux esprits ,
T'afficher pour poëte et te mêler d'écrire ?
Eh , mon ami , l'esprit est en mortes saisons ,
En apporter ici , c'est folie achevée ;
Nous en avons , Dieu sait ! par dessus les maisons ;
D'un torrent de savans la ville est abreuvée ;
Rien n'est moins rare enfin , et si tous les auteurs ,
Sur le plâtre blanchi, par des lettres dorées ,
Faisaient lire aux passans leurs qualités titrées ,
On en compterait plus que de Restaurateurs.
Chacun d'eux exclusif comme un maître d'escrime ,
Croit seul posséder l'art d'enfiler une rime ;
A peine daigne-t-il permettre à ses rivaux ,
D'encenser humblement ses immortels travaux.
Fier d'un couplet qu'on chante et qu'on ne saurait lire ,
Il pense de Voltaire avoir trouvé la lyre.
De nos maîtres fameux les chef-d'œuvres vantés ,
Ne l'éblouissent point de leurs vives clartés ;
Plus il se sent petit , plus son esprit se guinde ;
Le plus plat rimailleur , le plus froid chansonier ,
Se croit en droit d'avoir le pas devant CHENIER ,
Et jusqu'au lourd LEGER , tout croit grimper au Pinde.
Je veux croire que , fruits des plus rares talens ,

B

Tes écrits de grands traits par-tout étincéllants ,
Du grand Rousseau lui-même étonneraient les mânes ,
Et que tes vers frappés sur l'enclume immortel
De Racine ou Voltaire ou Delisle ou Fontanes ,
Te feraient partager leur gloire et leur autel ;
Il n'en faudra pas moins chargé de renommée ,
Que tu dînes d'encens et soupes de fumée.
Les Muses aujourd'hui mourant toutes de faim ,
Exercent leurs enfants à mandier leur pain :
Juges si tous les feux de tes vers , ou ta prose ,
Pourraient ouvrir pour toi les veines du Potose.

La sublime Uranie est en habit de deuil ,
Et son observatoire est au fond d'un cercueil ;
Ira-t-elle , en effet , de compas entourée ,
Rassemblant tous les cieux dans un cercle tracés ,
Se transir , en lorgnant des soleils entassés ,
Au sommet d'une tour dans la nue égarée ?
A travers ses tuyaux l'un dans l'autre emboîtés ,
Qui d'un air menaçant contre le ciel pointés ,
S'allongent dans les airs , gigantesques lunettes ,
De ses yeux fixément sur le verre arrêtés ,
Elle voudrait envain poursuivre les planettes ,
De Saturne étonné vérifier l'anneau ,
Ou sonder du soleil le fluide noyau ;
On ne voit plus au ciel qu'effrayantes comêtes ,
Qui sécouant sur nous leur funeste flambeau ,
Vont changer notre globe en un vaste tombeau.
Sans tout cet appareil de science importune ,
Sans chercher à savoir par des calculs perdus ,
A quelle heure , en quels lieux s'éclipsera la lune ,
On voit de tous côtés éclipses de fortune ,
Eclipses de talens , d'honneur et de vertus ;

Les reines du spectacle étalant tous leurs charmes,
Se flatteraient envain d'obtenir des passants,
A force de lazzis, de soupirs ou de larmes,
Quelques faibles secours dans leurs besoins pressants;
Il faut qu'une Laïs, auguste protectrice,
Des flatteuses vapeurs d'un Champagne fumeux,
Employant à propos le magique artifice,
Dans le cerveau troublé d'un artiste fameux,
Trouvé l'art d'embellir Thalie et Melpomène,
Et qu'enfin de son corps l'albâtre s'élevant
Au gré de sa luxure, en théâtre mouvant,
Leur serve de degré pour monter sur la scène;
Sans ce recours eût-elle une Phèdre à la main,
Du foyer qui l'acueille avec morgue et dedain,
Par ses propres valets, Melpomène éconduite,
De son poignard rouillé se percerait le sein,
Et Thalie à pleurer se trouverait réduite.
De Therpsycore seule on est fort entiché,
Et tout Paris est fou des diables de Psyché;
Mais c'est envain qu'Euterpe et sa sœur Polymnie,
Chanteraient sur un luth monté par le génie,
Aux héros leur valeur, aux grâces leurs appas,
Tout est sourd désormais à leur tendre harmonie,
Et leur unique asyle est dans les almanachs.

Au port de la fortune un bon pilote échoue;
Mais un sot impudent, scélérat déhonté,
Foulant aux pieds les mœurs, les lois et l'équité,
Se perche effronétment au faîte de sa roue.
Supposons qu'une fois en ta faveur d'accords,
La fortune et Phébus t'ouvriraient leurs trésors,
Te croirais-tu sauvé des écueils de la vie?
Connais-tu d'antidote au poison de l'envie?

B 2

C'est le verre brisé dont les débris tranchants ,
Par mille traits aigus déchireraient tes flancs.
L'auteur de Mahomet, l'Alcide littéraire ,
Ne put exterminer cet hydre sanguinaire.
De ce monstre odieux le temple est à Paris.
Dans les chants imposteurs de ses prêtres chéris ,
Au teint jaune , à l'œil louche , à l'haleine empestée ,
Le vice est honoré , l'ignorance exaltée ,
Les brigands sont prônés , les sages sont flétris ,
Et par leur beuglement la gloire épouvantée ,
Ne suit , qu'en hésitant , ses plus chers favoris ;
C'est l'éternel vautour qui ronge Prométhée.
    Sous le faix des lauriers et des nombreux drapeaux ,
Que lui-même arracha des mains de ses rivaux ;
Envain Buonaparte croit étouffer l'envie ;
Par la sombre vapeur de son pâle flambeau ,
Le monstre obscurcissant tout l'éclat de sa vie ,
Le suivra pas à pas jusqu'au bord du tombeau.
Des Germains , sous ses traits , l'aigle tombe expirante ;
La thiare superbe à son gré vacillante ,
Sur le front du Pontife envain cherche un appui ,
Et dans la nuit des temps va se perdre avec lui.
Cependant entassant libelle sur libelle ,
L'impudent journaliste , au fond de son grenier ,
Ébloui des rayons de sa gloire immortelle ,
Dépité , confondu , n'osant plus la nier ,
Mais rongé du besoin de le calomnier ,
Et ne trouvant en lui que des vertus sublimes ,
Dans l'avenir douteux veut lui chercher des crimes.
C'est elle qui nourrit cet essaim turbulent
D'écrivassiers sans goût , et d'ineptes critiques ,
Zoïles effrénés , au ton dur , insolent,

Qui lançant, au hazard, leurs flèches satyriques,
Avec l'opinion confondent le talent.
Serons-nous donc toujours dans nos goûts fanatiques,
Sages ou sots, méchants ou bons avec excès,
Et notre sort est-il d'être toujours Français ?
S'il est vrai qu'un auteur ait des torts politiques,
Ses torts flétrissent-ils ses lauriers poëtiques ?
Par-tout le vrai talent doit être respecté,
Et le vice par-tout doit être détesté.
    PORTALIS alliant dans son essor sublime,
La flamme du génie aux ornements de l'art,
Soit qu'il accuse Antoine, ou fasse aimer César,
Recevra, dans mes vers, un encens légitime.
Parmi quelques auteurs par la haîne égarés,
Mais que de vrais talents rendent dignes d'excuse,
Mille poëtereaux, qu'un vain courroux abuse,
Croyant le lion mort sous leurs traits acérés,
Sont venus lui donner le coup de pied de l'âne ;
Mais le lion cruel d'une griffe profane,
Sans pitié, sans remord, les a tous déchirés :
Ces insectes, malgré leur petitesse extrême
De la fange élevé s'acharnent sur Chénier,
Et de leurs faibles dents cironnent le laurier
Qu'a placé sur son front Melpomène elle-même.
Tous ces froids rimailleurs dans leurs fades accens,
Opposent à ses vers des mots vuides de sens ;
L'envie et le dépit, voilà tout leur génie,
Voilà les vrais moteurs de la sotte manie,
Qui fait à tout propos citer Timoléon,
Et d'un voile jaloux nous cache Fénélon.
Des Français oubliant leurs mœurs, leur caractère,
Disputent à Faublas le don charmant de plaire ;

Si LOUVET n'avait point aimé la liberté,
S'il avait bassement servi la royauté ;
Faublas eût remplacé l'Amadis et l'Astrée ;
Par mille auteurs sa gloire eût été célébrée ;
Le rangeant à côté d'un nouveau testament,
La dévote en eût fait un saint délassement,
Et pour le consulter, la prudente coquette,
Entre Ovide et Bernard l'eût mis sur sa toilette.
Mais le patriotisme a banni de sa cour
Les ris, les jeux badins, les graces et l'amour ;
Un musqué Céladon, invincible, incroyable,
» Jure sur sa pa-ole ; et foi de mit-aillé,
» Que, si sur son modèle, il n'est pas travaillé,
» Pas possible jamais qu'un hé-os soit aimable «.
On n'aime plus en France ; on conspire aujourd'hui,
Et l'on n'a du plaisir que des peines d'autrui.
Lodoïska, chez nous, a perdu tous ses charmes,
Combien en d'autres temps elle eût coûté de larmes !
Qui n'aurait envié l'esprit et les appas ;
Mais sur-tout les faveurs de la tendre marquise,
Et du jardin cloîtré la jouissance exquise ?
Un Sarmate, un Lapon glacé par les frimats,
Peut seul être insensible aux graces de Faublas.

Pédant bouffi d'orgueil, séché de jalousie,
Un vil folliculaire, imposteur éternel,
S'érigeant fièrement en juge universel,
Au gré de son caprice et de sa fantaisie,
Vous abreuve au hasard de fiel ou d'ambroisie ;
Il croit que par l'effet des reptiles impurs,
Qui versent leur poison sur ses fatras obscurs,
Sa plume en caducée est métamorphosée,
Et qu'il peut, en dépit d'Eaque et de Minos,

Flétrissant un parti, couronnant ses héros,
Vous placer au Tartare ou bien dans l'Elysée.
Celui-ci dans Dumont veut trouver des vertus ;
Aux malheurs de Babœuf les autres sont sensibles;
L'un veut que nos soldats soient toujours invincibles,
Et dans l'esprit de l'autre, ils sont toujours battus.
Chacun de ces brouillons, enfants de l'indigence,
Se croit prédestiné pour régenter la France,
Et la plume à la main lancé dans ce tournois,
Prêt à punir le crime ou venger l'innocence,
Ne demande qu'un sou pour prix de ses exploits.
Leurs débats sont pour nous la boëte de Pandore;
Dans leur intolérance est la source des maux
Que la France a soufferts, et qu'elle souffre encore
Aux feux alimentés par leurs nombreux journaux,
Chaque jour la discorde allume ses flambeaux.
Ils prétendent avoir l'exclusif privilège,
De faire respecter leur rage sacrilège ;
Veulent qu'avec plaisir on mâche leur venin,
Et si quelqu'un riposte, on crie à l'assassin ;
Mais si la loi se tait devant la calomnie,
L'offensé doit-il donc la laisser impunie,
Et survivre à la mort souillé de son poison,
Pour n'oser altérer la loi du Talion?
Par ces dispensateurs de toute rénommée ,
La porte de la gloire est ouverte ou fermée,
Et pour qui veut monter à son temple mouvant,
Leur feuille sont la voile et leur plume le vent.
Ils ne comptent pour rien tout mérite solide,
Croyant qu'à leur arrêt, tout doit être soumis·
L'esprit de parti seul est leur aveugle guide,
Et nul n'a des talens , hors eux et leurs amis,

Dans les doctes accès de leur juste sentence,
DUMOLARD est jugé l'aigle de l'éloquence ;
Lycurgue doit fléchir devant CAMBACERÈS ;
D'ANGLAS a seul le clef des trésors de Cerès.
SIEYES ne s'entend point en saine politique,
CANTELEUX en finance et CARNOT en tactique ;
CARNOT , qui déjouant les plus sublimes plans ,
De Polybe et Folard réunit les talens ,
Dirige de sa main le char de la victoire,
Et guidant sur ses pas nos immortels guerriers ,
A fait de tous nos camps les tentes de la gloire ,
Tentes dont les piquets sont autant de lauriers.
De leur traits vénimeux qui pourroit se défendre ?
Moi-même à leur fureur je dois aussi m'attendre ;
Moi qui , dès mon enfance , aux arts seuls adonné ,
Ami de la vertu , mais non pas toujours sage ,
Solitaire, bizarre et même un peu sauvage ,
Dans le réduit obscur où je suis confiné ,
Juge , sans passion , leur fanatique rage ;
Si quelque jour mes vers , par tes soins indiscrets ,
Allaient leur dévoiler mes sentiments secrets,
Honni , calomnié dans leurs feuilles impures ,
Je serais inondé d'un déluge d'injures.

Peut-être cependant t'ai-je trop mal jugé ;
D'un frivole renom tu n'es point idolâtre ,
Et le bien de ton père en écus échangé ,
Te fait venir chercher , sur ce brillant théâtre ,
Les fastueux plaisirs du bruit et du fracas ,
En province vantés , parce qu'ils n'y sont pas.
Auprès de toi bientôt l'odeur de tes largesses ,
Attire mille amis, mille aimables maîtresses ,
Et je te vois déjà trahi , trompé , séduit ,

Par leur main secourable, à l'hôpital conduit :
Tel est le dénouement, qui, pour toi se prépare ;
A moins que plus rusé, tu ne veuilles jouer
Le rôle intéressant d'usurier et d'avare ;
C'est un parti très-sage, il le faut avouer,
Si l'on vient t'emprunter, réponds, jure, proteste
Que toi-même bientôt est réduit aux abois,
Ou si plus généreux, tu prêtes quelquefois,
Exige, en lingots d'or, ta sureté modeste,
Et fais ensorte au moins, qu'en l'espace d'un mois,
Le fond rentre en ton coffre, et le gage te reste.
Ne vas pas t'endormir sur le trompeur espoir,
Que si par quelque coup très-facile à prévoir,
Le besoin te pressait, de tes compatriotes
Le crédit t'aiderait à réparer tes fautes.

Iras-tu voir Taquin, impudent mirmidon,
Décemvir par humeur, royaliste par ton,
Qui, semblable au torrent que gonfle un prompt orage,
S'est enflé du fléau d'un riche agiotage ?
Il observe d'abord de ses regards railleurs,
Si ton front est couvert par de longues caniches ;
Si dédaignant d'être homme, ainsi qu'on l'est ailleurs,
Tu fais, entre tes doigts, briller des yeux postiches ;
Si ton soulier échappe à ton pied trop serré ;
Si ton menton captif tache envain de paraitre,
Hors d'un fichu de blanc et de bleu chamarré ;
Si tes bas sont de goût et ton habit quarré :
De ses grands sentiments, voilà le thermomètre ;
Si ton luxe ne monte au moins à ce dégré,
Son cœur noble rougit d'avoir à te connaitre ;
Aussi pour écarter le plus léger soupçon,
Qu'il existe entre vous la moindre liaison,

Ce gredin près de toi se contient, se recueille,
Lui qui traînant hier le plus grossier haillon,
Lorsque tu rédigeais le courrier d'Avignon,
Pour quatre sous le cent venait plier ta feuille.
S'il t'apprenait du moins par quel art ignoré,
Il a changé sa hûte en un sallon doré ?.........
Mais quelle foule immense auprès de nous s'empresse?
Ah ! c'est pour voir passer cette fière déesse,
Dont la tête endurcie au poids d'un lourd fardeau,
Fait briller aujourd'hui les perles de Golconde,
Dont les grains divisés en un triple bandeau,
Relevent l'or frisé de sa perruque blonde ;
Ses yeux, ses traits, son teint ne sont pas sans beauté
Si l'on peut en trouver à la stupidité ;
Mais pourquoi ce souris ? d'où vient cette surprise !
Il me semble... Quoi donc... Serait-ce une méprise ?
Parle... je crois... mais oui, c'est Margoton Toupin :
Oui, c'est-elle, en effet, la femme de Taquiu.
Bamboche enluminée, immobile pagode,
Elle vient d'exercer (car c'est un point de mode)
Ses doigts déjà ridés et sa voix de corbeau,
Sur l'yvoire poli d'un brillant piano.
Mais n'humilions pas sa vaine gloriole;
L'heure du bal l'appelle, on l'attend, elle y vole,
Pour revenir demain près du Lord son époux,
Confuse, et dans les pleurs noyant ses yeux jaloux,
De n'avoir point, malgré le faste qu'elle étale,
Vaincu dans cette nuit, à sa gloire fatale,
L'Hameling en beauté, la Fronfrède en bijoux.
   Des Phrinés de ce temps, la parure innocente,
N'a point le but honteux d'inspirer de l'amour;
Risca veut l'emporter sur les belles du jour,

A tout autre plaisir elle est indifférente ;
Ses enfants et leur père, en son cœur immoral,
Sont placés au dessous du spectacle et du bal.
Tu connais, sur ce point, la peinture frappante
Des rithmes fulminans de l'âpre Juvenal ;
 Mais le temps change tout, une heureuse habitude
D'un vernis d'agrément couvrant leur turpitude,
Ferait moins fermenter sa bile et son ennui ;
La Catin de son temps serait sainte aujourd'hui.
 Je ne citerai point ces Vénus mercénaires,
Qui, bravant de tout temps les lois les plus sévères,
Dans les cours du palais dit de l'égalité,
Sous un faste mesquin, dévoilant leurs misères,
Viennent vendre à tout prix leur hideuse beauté ;
Oserais-tu, cédant à leurs agaceries,
Avec un faux mystère, aller par maint détour,
Et suivre, en leur réduit, ces mielleuses furies
Qui de l'air empesté de leurs lèvres flétries,
Dans leurs embrassemens étoufferont l'amour ?
Vois déjà sur le lit de ces viles prêtresses,
Une faulx à la main l'infâme impureté,
Dans l'accès dégoûtant de ses sales ivresses,
Moissonner sous ses coups la fleur de la santé.
Là, le plaisir calcule, et ne t'ouvre sa source,
Q'aux doux rayons de l'or qui brille dans ta bourse ;
Tant que de ce métal quelques frêles morceaux
Résistent endurcis à leurs infects fourñaux,
Tu seras honoré par leurs bouches amies,
Des doux noms de mon chou, de ma mèr', mon mignon ;
Une main au gousset, l'autre......sous le menton,
Ces monstres affamés, dévorantes harpies,
Mesurent prudemment leurs caresses impies,

A la valeur du poids, à la force du son ;
Mais quand rien ne peut plus tenter leur avarice,
Que l'objet de leur culte et de leur sacrifice,
Ta bourse ne fait plus sous leurs doigts caressans,
Ouir ce bruit flatteur qui rechauffait leurs sens ;
Ces Syrènes bientôt se changeant en Mégères,
Avides du désir de te voir remplacé,
Voudraient te dévorer de leurs dents meurtrières,
Pour hâter tes remords, d'un mouvement pressé
Agitent, en grondant, leurs mobiles charnières,
Brûlant d'anéantir dans leurs gouffres impurs,
La gloire de ce siècle et les siècles futurs.

Mais sans te présenter cette affreuse peinture,
La honte de nos lois, l'horreur de la nature,
Pour prix de ta franchise et de la loyauté,
Sois sûr de ne trouver que piège et fausseté.

Et la plus insensible et la plus vertueuse,
Souriront à tes feux d'un sourire apprêté
Pour recevoir l'encens de ta plume amoureuse ;
Dés rigueurs de Lindra ne sois point rebuté,
Sa vertu contre toi s'est d'abord gendarmée,
Mais elle fera tout pour l'honneur d'être aimée,
Et déjà dans tes bras cherche du coin de l'œil,
Un autre amant plus propre à flatter son orgueil.
Avec un cœur blasé, voulant paraitre tendre,
Cephise n'aime point ; cependant à l'entendre,
Sa pudeur lui donnant des armes contre toi,
Peut seule résister.......Subterfuge ! Crois-moi,
Le plaisir de te voir souffrir de ses caprices,
De l'amour dans son cœur compense les délices.
Eh ! que serait-ce donc si dès le premier pas,
Ton cœur trop franc, séduit par quelques faux appas,

Se laissait prendre aux rêts de quelque merveilleuse,
Vaporiste, jalouse, exigeante, boudeuse,
Et qui te ballotant du soir jusqu'au matin,
Folle aujourd'hui de toi, te haît le lendemain.
Tu seras adoré de ces Junons altières,
Si tu veux bien souffrir leurs humeurs tracassieres,
Et comme l'épagneul, au bâton échappé,
Venir baiser encor la main qui t'a frappé.
Quelle que soit enfin cette beauté sévère,
A qui ton cœur brûlant de légitimes feux,
Voudra bien adresser son encens et ses vœux,
Gardes-toi dé compter sur un retour sincère;
De tous leurs sentimens l'ennui seul est le père,
Aussi pour être aimé sans langueur ni détour,
D'un honneur aux abois vaincre le faible obstacle,
Procure des billets de bal et de spectacle,
Ce sont là désormais les seuls traits de l'amour.

Heureux, heureux celui dont le cœur inflexible,
A ses trompeurs attraits fut toujours insensible;
Mais plus heureux encor celui dont les désirs,
N'ont jamais précédé l'usage des plaisirs,
Qui dans les derniers jours de son adolescence,
Quand ses esprits fougueux révoltés dans son corps,
Font bouillonner son sang plein de leur pétulance,
De ses muscles, ses nerfs ébranlent les ressorts,
Et gravent sur les traits de son mâle visage,
Ou d'Alcide ou de Mars la plus parfaite image;
Heureux, dis-je, celui qui, plein de ces transports
Dans le premier objet, put trouver une amie,
Qui ne le trompa point, et qu'il n'a point trahie,
Qui, plus novice encore au mystère d'amour,
Livrée à ses penchants, les suivit sans détour;

'A ses devoirs fidele et non pas asservie,
Sans connaitre les noms de vertu ni d'honneur,
A vu dans son époux, tous les biens de la vie,
Et dans ses plaisirs seuls a trouvé son bonheur.
Bientôt les rejettons d'une union si belle,
Augmenteront encor le charme de leurs nœuds ;
A leur sort dévoué, fier de revivre en eux,
Il veut seul les guider de sa main paternelle ;
Il se plaît à les voir dans leurs folâtres jeux,
Découvrir, disperser des trésors qu'il adore,
Arbres de la science où brillent réunis,
Sur la pomme d'albâtre, un bouton de rubis,
Fruits régénérateurs que l'amour fit éclore
Pour les plaisirs du père et les besoins du fils.
Par un souris plus doux que celui de l'aurore,
Son épouse applaudit, et les invite encore,
'A compter, à presser leurs précieux butins ;
Mais enlevés déjà sur les bras de leur père,
Je les vois dans les airs par lenrs cris enfantins,
Et par le battement de leurs petites mains,
Défier, en riant, leur inquiète mère.
    Du moins, si, méditant de plus nobles projets
Et de l'ambition sectateur héroïque
Tu voulais disputer la palme politique,
C'est là qu'on est toujours assuré du succès.
Oui, suis, sans hésiter, cette illustre carrière,
On n'y trouve partout qu'honneur et que plaisirs ;
On n'y voit que rubis, émeraudes, saphirs,
Qui font de ses sentiers un parquet de lumière.
Laisse au loin tes rivaux de fatigue rendus ;
Quelques rocs escarpés en cordon étendus,
N'offrant vers leur sommet aucun point accessible,

Te menacent envain d'un obstacle invincible ;
Les cadavres des sots qui vinrent y périr,
En monceaux élevés , t'aident à le franchir :
Un concurrent hardi te dévance en la lice,
Qu'arraché de son char par un prompt artifice,
Il tombe, au même instant, sous tes pieds écrasé ;
On a tout applani quand on a tout osé.
Vois déjà vers le but la fortune et la gloire,
Qui, la pourpre à la main appellent le vainqueur ;
Cours, atteins dans son vol, enchaîne la victoire,
Et l'univers entonne une hymne en ton honneur.
Cependant tes succès me glacent de frayeur :
Athalante jamais aux vaincus ne pardonne ;
Ne te ralentis point, veille sur toi : malheur
A qui fait un faux pas et manque la couronne,
Un poignard est son sceptre et l'échafaud son trône.
  Un souvenir encor me fait pour toi frémir ;
Sur une mer déjà couverte de naufrages,
Vois ce vaisseau superbe affronter les orages ;
J'entends déjà le mât et crier et gémir,
Et le vois dans les flots cacher sa longue tête ,
Qui conjura long-temps la foudre et la tempête ;
Un matelot hardi , plein d'un bouillant transport,
Au choc des élémens opposant sa fortune ,
Prétend seul, en dépit de Borée , de Neptune,
Conduire , sans secours , le navire à bon port,
Et la hache à la main menace de la mort
Le premier qui, pressé du désir de bien faire ,
Oserait mettre à l'œuvre une main téméraire ;
L'équipage immobile, interdit, stupéfait,
Frémit de crainte, admire, obéit et se tait.
Des vents contre sa main expire la furie,

Il croit déjà règner dans les cieux, sur les mers ;
Mais Neptune indigné de tant d'éfronterie ,
D'un coup de son trident le lançant dans les airs ,
Le livre à l'Aquilon, qui saisissant sa proie,
Par des sifflements sourds fait résonner sa joie.
L'onde semble , en grondant, seconder son courroux :
Et la vague d'azur qui blanchit sous ses coups,
Cédant , en mugissant , au poids qui la comprime ,
Entre deux monts de flots ouvre un profond abîme ,
Où ce fou de frayeur d'avance anéanti ,
Sous leur écroulement disparait englouti.
    Le doux espoir enfin renaît dans l'équipage,
Tout met la main à l'œuvre et fait face à l'orage ;
Ici l'affreuse mort fière de leurs malheurs,
En balançant sa faulx recourbée et tranchante,
D'un sourire effrayant insulte à leurs douleurs ,
Tandis qu'au loin du port l'image consolante,
Leur offre des amis , une mère, une amante ,
Conduisant le plaisir tout couronné de fleurs.
Sur les vagues déjà les toiles sont roulées,
Les vents ne trouvant plus d'obstacle à leur effort,
Dans les balons flottans des voiles trop enflées,
Vont cacher leur fureur dans les antres du nord ,
Et le vaisseau fuyant se sauve dans le port,
A travers deux écueils qui dans l'onde bleuâtre,
En cercle rapprochant leur flanc nud et grisâtre,
S'allongent, mais envain, pour en barrer l'abord.
Dans les canots pressé le joyeux équipage
Vogue , chante, s'élance, embrasse le rivage ,
Où le doux souvenir des maux qu'ils ont soufferts,
Leur ferait voir le ciel au milieu des enfers.
    Ces matelots prudens , par leur conduite habile,

Peuvent

Peuvent être pour nous une leçon utile.

Ami, par leur exemple et leur malheur instruit,

Rejette loin de toi l'espoir qui t'a séduit,

C'est dans un jour sérein que l'ouragan s'apprête,

Et le calme souvent présage la tempête.

Loin de la haute mer dans le port du plaisir,

Laisse voguer ta barque au gré d'un doux zéphir,

Fuis de l'ambition, l'écueil inévitable ;

Fuis des grands de nos jours l'insolence intraitable ;

Car notre république a les pieds inégaux ;

En livrant à Vulcain des parchemins futiles,

La raison crut régner ; mais leurs vapeurs subtiles,

Troublent encor l'esprit de cent mille nigauds.

Vas donc loin du fracas et de la multitude,

Moins jaloux des trésors sur d'autres répandus,

Que satisfait des biens que tu n'as pas perdus,

Vas chercher de Long-champ la douce solitude ;

Long-champ, bords enchantés, vallons délicieux,

Trésor du laboureur et retraite des dieux.

Là, Pan lui-même, au son d'un galoubé sonore ;

Vient garder ses troupeaux dans les jardins de Flore ;

Le dieu bien plus charmant des buveurs révéré,

D'un pampre vert d'où pend la grappe au grain pourpré,

Couronne avec orgueil les champs que Cerès dore,

Et la pâle verdeur de l'olivier sacré,

Au milieu des horreurs d'une guerre cruelle,

Entretient doucement dans notre cœur navré,

L'espoir consolateur d'une paix éternelle.

La nymphe de Vaucluse, en sinueux bandeaux,

Sur les près émaillés, divisant sa ceinture,

Sous le saule et l'osier, qui, courbés en berceaux,

Vont tremper dans son sein leurs flexibles rameaux,

C

Promenant lentement son onde toujours pure,
De Flore et de Cibèle embellit la parure.
   Je né veux point ici par les fades tableaux,
De bergères toujours dansant sous les ormeaux,
Et par les bouts-rimés d'une insipide idylle,
T'endormir sur des fleurs au doux bruit des ruisseaux,
Ni te faire chanter par des groupes d'oiseaux,
Qu'aux champs on est toujours sage, heureux et tranquille;
Ces contes de romans peuvent être fort bons;
Mais la terre produit des ronces, des chardons,
Et quelquefois au sein de la rose vermeille,
Le vil frêlon butine à côté de l'abeille.
Le sage cependant malgré tous leurs défauts,
Aux cités doit toujours préférer les hameaux.
L'altière ambition s'y borne et s'y resserre,
Contente d'obtenir un petit coin de terre;
L'amitié, la raison y conservent leurs droits,
Moins séduit, moins flatté, l'amour est plus fidelle,
Dans un verre on éteint la plus vive querelle,
Plus près de la nature on en suit mieux les lois.
   Aux champs d'Alcinoüs le vrai bonheur réside,
On n'en voit que l'éclair dans les jardins d'Armide.
Un luxe trop brillant et trop dispendieux,
Enfante la misère, en la cachant aux yeux.
Vivre content des biens qu'on reçut en partage,
C'est là le vrai talent et le secret du sage.
Le plus libre est celui qui n'a plus de désirs,
Et dans ses devoirs seuls trouve tous ses plaisirs.
Ne vas point sans relache, errant dans les prairies,
Fatiguer ton esprit de vaines rêveries;
Travaille chaque jour à te rendre meilleur,
Chaque jour tu feras un pas vers le bonheur.

Le plaisir , du travail tire ses plus grands charmes ;
En agitant la fleur , le vent la rafraichit ,
Et si dans sa bonté , le ciel nous enrichit ,
A l'aurore toujours il en coûte des larmes.
Profite du moment , le présent seul est tien ,
Le passé n'est qu'un songe , et l'avenir n'est rien.

Quelquefois exerçant ton heureuse éloquence,
Cours dans les tribunaux arrêter la licence,
Faire trembler le crime , et de la vérité ,
Présentant à ses yeux le flambeau redouté ,
Soutenir devant lui la timide innocence ;
Ou quelquefois armé d'un tonnerre d'airain,
Sur les côteaux brûlants où mûrit le raisin ,
D'un levraut dépisté , vas conspirer la perte ;
Tandis que vingt flacons du nectar de la Nerthe ,
Attendent ton retour pour verser à grands flots ,
Sur un cercle d'amis la joie et les bons mots.
Mais j'apperçois Tayaud qui tout à coup s'arrête ;
L'œil fixe contre terre , il allonge la tête,
S'élance , et dans l'instant plus prompt que les éclairs ,
Le salpêtre embrasé que la flamme dilate,
Chasse le plomb qui siffle et devançant les airs ,
Sur des buissons touffus et de mûres couverts ,
Fait tomber la perdrix aux jambes d'écarlate.

Peux-tu d'un tel destin ne pas être content ?
Oh ! comme je soupire après l'heureux instant,
Où m'arrachant enfin à la chaîne pénible
Dont je me suis moi-même avec raison lié ,
Pour éviter l'orage et servir l'amitié !

Plus libre dans mes vœux , mais non pas plus paisible ,
J'irai , me dévouant à des devoirs nouveaux ,
Redoubler tes plaisirs , alléger tes travaux ;

Et si dans les liens d'une amitié sincère,
Que le cœur a formés, que la raison éclaire,
Partageant avec soin nos précieux loisirs,
Entre la bienfaisance et les riants plaisirs;
Tantôt étudiant l'appareil magnifique
De ces mondes roulans en globes radieux,
Et tantôt d'un regard utile et curieux,
Épluchant les trésors qu'offre la Botanique,
Si, dis-je, en cet état, le vent séditieux,
Vient encore agiter de son souffle odieux,
Du flambeau de nos jours la lueur passagère;
Nous nous y soumettrons, convaincus désormais,
Qu'ici bas le bonheur est la plante étrangère,
Que l'on cherche par-tout, sans la trouver jamais.

A PARIS,

L'AN V.